Trauer

Claudia J. Schulze und Mike Crawley

Impressum: Claudia J. Schulze und Mike Crawley © Herstellung und Verlag BOD, Books on Demand, Norderstedt ISBN: 9783744851558

Dass wir erschraken, da du starbst, nein, dass
dein starker Tod uns dunkel unterbrach,
das Bisdahin abreißend vom Seither:
das geht uns an; das einzuordnen wird
die Arbeit sein, die wir mit allem tun.

(Rainer Maria Rilke)

Der Mensch ist nicht der Herr des Seienden. Der Mensch ist der Hirt des Seins.

(Martin Heidegger)

Kein Auge sieht, was ich im Herzen trag.
(unbekannt)

Es sandte mir das Schicksal tiefen Schlaf.
Ich bin nicht tot, ich tauschte nur die Räume.
Ich leb in euch, ich geh in eure Träume,
da uns, die wir vereint, Verwandlung traf.

Ihr glaubt mich tot, doch dass die Welt ich tröste,
leb ich mit tausend Seelen dort, an diesem wunderbaren Ort,
im Herzen der Lieben. Nein, ich ging nicht fort,
Unsterblichkeit vom Tode mich erlöste.

(Michelangelo Buonarroti)

Du fehlst mir mit einer zur Alltäglichkeit gewordenen Selbstverständlichkeit die mich so hartnäckig begleitet, dass selbst das Gefühl von Schmerz einer Akzeptanz des Unabänderlichen gewichen ist.

Dort wo Du warst ist es leer und diese Leere gehört nun auch zu mir.

Allein schon der Versuch sie loszuwerden, sie zu überdecken würde genau dieser unbeugsamen Selbstverständlichkeit sicherlich nur ein überraschtes Lächeln entlocken. Wenn überhaupt.

Sogar dieses Lächeln wäre wohl schon zuviel investiert in etwas das dessen nicht bedarf.

Denn bereits vorher scheint festzustehen, dass es Dinge gibt und Menschen die uns, auch wenn sie fern sind, weiterhin so unauslöschbar begleiten als seien sie der Teil unseres Selbst von dem wir uns nicht trennen können wenn wir überleben wollen.

Versuchen wir die leere Stelle die sie hinterlassen haben auszulöschen dann löschen wir uns selbst aus.

Sie berühren die Teile unseres Selbst die nicht überschrieben werden können ohne dass wir selbst daran Schaden nehmen.

An fast allem kann ich zweifeln - nur daran nicht. Und deswegen ist es wichtiger diese Leere mich begleiten zu lassen und mich von ihr auf eine Art auch stärken zu lassen da eben ihre Selbstverständlichkeit stärker ist als jeder Zweifel und stärker als jeder billige und letztlich unwürdige Versuch sie zu überdecken.

(Claudia J. Schulze)

„Das einzig Wichtige im Leben sind die Spuren von Liebe, die wir hinterlassen, wenn wir weggehen."

(Albert Schweitzer)

6

Mir schien beinah als riefen sie
dann und wann nach mir:
Verwandte Seelen
die lange schon entschliefen
und längst nun nicht mehr hier.

Riefen mit einer Stimme, weise,
zunächst fast ungehört
gleichsam erinnernd an die Zeit
die nichts im Hier zerstört
da endlos sie – und weit.

Vertrauend, dass ich komme
ruhig und auch bereit
So ich dann schließlich folge
in ihre Ewigkeit

(Claudia J. Schulze)

Etwas mitnehmen von der einen in die andere Welt, das können wir — so sagt man — nicht.

Doch gibt es da etwas.

Etwas, das uns mitnimmt, wenn wir gehen.

Etwas, das uns hinüberträgt auf dem Mittler zwischen den Welten, dem ruhigen Strahl der Liebe, die wir gaben und empfingen

(Claudia J. Schulze)

Was ein Mensch an Gutem
in die Welt hinausgibt,
geht nicht verloren.

(Albert Schweitzer)

Mondnacht

Es war, als hätt der Himmel
Die Erde still geküßt,
Daß sie im Blütenschimmer
Von ihm nun träumen müßt.

Die Luft ging durch die Felder,
Die Ähren wogten sacht,
Es rauschten leis die Wälder,
So sternklar war die Nacht.

Und meine Seele spannte
Weit ihre Flügel aus,
Flog durch die stillen Lande,
Als flöge sie nach Haus.

(Joseph von Eichendorff)

Herbst

Die Blätter fallen, fallen wie von weit,
als welkten in den Himmeln ferne Gärten;
sie fallen mit verneinender Gebärde.

Und in den Nächten fällt die schwere Erde
aus allen Sternen in die Einsamkeit.

Wir alle fallen. Diese Hand da fällt.
Und sieh dir andre an: es ist in allen.

Und doch ist Einer, welcher dieses Fallen
unendlich sanft in seinen Händen hält.

(Rainer Maria Rilke)

Sterben heißt, das Leben teilen
(Claudia J. Schulze)

Vergeblich suchst Du, o Sonne,
durch die düstren Wolken zu scheinen.
Der ganze Gewinn meines Lebens
Ist ihren Tod zu beweinen.
(Johann Wolfgang von Goethe)

Du bist ein Schatten am Tage
Und in der Nacht ein Licht;
Du lebst in meiner Klage
Und stirbst im Herzen nicht.

(F. Rückert)

Erinnerungen härten, schmerzen
dunkles Blau
tief

(Claudia J. Schulze)

Ich würde Jahrtausende lang die Sterne durchwandern, in allen Formen mich kleiden, in alle Sprachen des Lebens,
um dir einmal wieder zu begegnen.

(Friedrich Hölderlin)

So durchlaufe ich
Des Lebens Bogen
Und kehro, woher ich kam.

(Friedrich Hölderlin)

Die Zeit heilt keine Wunden –
wie könnte sie,
 da doch die Zeit selbst die Wunde ist.

(Claudia J. Schulze)

13

Die Bande der Liebe
Werden mit dem Tod
nicht zerschnitten

(Thomas Mann)

Nun ist es Zeit wegzugehen.
Für mich, um zu sterben,
Für euch, um zu leben.
Wer von uns dem Besseren entgegengeht,
ist jedem verborgen

(Sokrates)

Am Grab duften die Blumen.
Ich rieche es nicht.
Ich stelle es nur fest.

(Claudia J. Schulze)

Irgendwo blüht die Blume des Abschieds
und streut immerfort Blütenstaub den wir
atmen herüber, und auch noch im
kommendsten Wind atmen wir Abschied.

(Rainer Maria Rilke)

Wanderers Nachtlied

Über allen Gipfeln
Ist Ruh,
In allen Wipfeln
Spürest du
Kaum einen Hauch;
Die Vögelein schweigen im Walde.
Warte nur, balde
Ruhest du auch.

(Johann Wolfgang von Goethe)

Was man tief in seinem Herzen besitzt,

kann man nicht durch den Tod verlieren.

(Johann Wolfgang von Goethe)

Unsere Toten sind nicht abwesend, sondern nur unsichtbar. Sie schauen mit ihren Augen voller Licht in unsere Augen voller Trauer

(Aurelius Augustinus)

Wir sind vom gleichen Stoff, aus dem die Träume sind und unser kurzes Leben ist eingebettet in einen langen Schlaf.

(William Shakespeare)

Der Tod ist das Tor zum Licht am Ende eines mühsam gewordenen

Weges. (Franz von Assisi)

Lass mich schlafen, bedecke nicht meine Brust mit Weinen und Seufzen, sprich nicht voll Kummer von meinem Weggehen, sondern schließe deine Augen, und du wirst mich unter euch sehen, jetzt und immer

(Khalil Gibran)

Der Tod das ist die kühle Nacht
Der Tod das ist die kühle Nacht,
Das Leben ist der schwüle Tag.
Es dunkelt schon, mich schläfert,
Der Tag hat mich müd gemacht.
Über mein Bett erhebt sich ein Baum,
Drin singt die junge Nachtigall;
Sie singt von lauter Liebe,
Ich hör es sogar im Traum.

(Heinrich Heine)

Was ich wollte, liegt zerschlagen,
Herr, ich lasse ja das Klagen,
und das Herz ist still.
Nun aber gib auch Kraft zu tragen,
was ich nicht will.

(Joseph von Eichendorff)

O Herr, gib jedem seinen eignen Tod.
Das Sterben, das aus jenem Leben geht,
darin er Liebe hatte, Sinn und Not.

Denn wir sind nur die Schale und das Blatt.
Der große Tod, den jeder in sich hat,
das ist die Frucht, um die sich alles dreht.

(Rainer Maria Rilke)

Alle weltlichen Dinge sind nur ein Traum im Frühling. Betrachte den Tod als Heimkehr.

(Konfuzius)

Je schöner und voller die Erinnerung,
desto schwerer ist die Trennung.
Aber die Dankbarkeit verwandelt die Qual der Erinnerung in eine stille Freude.
Man trägt das vergangene Schöne nicht wie einen Stachel,
sondern wie ein kostbares Geschenk in sich.

(Dietrich Bonhoeffer)

Ich habe Tote, und ich ließ sie hin
und war erstaunt, sie so getrost zu sehen,
so rasch zuhaus im Totsein, so gerecht,
so anders als ihr Ruf. Nur du, du kehrst zurück
du streifst mich, du gehst um, du willst
an etwas stoßen, dass es klingt von dir
und dich verrät.

(Rainer Maria Rilke)

Die Frage bleibt

Halte dich still, halte dich stumm,
Nur nicht fragen, warum? warum?
Nur nicht bittre Fragen tauschen,
Antwort ist doch nur wie Meeresrauschen.
Wie's dich auch aufzuhorchen treibt,
Das Dunkel, das Rätsel, die Frage bleibt.

(Theodor Fontane)

Ich glaube, dass] wenn der Tod unsere Augen schließt,
wir in einem Lichte stehn, von welchem unser
Sonnenlicht nur der Schatten ist.

(Arthur Schopenhauer)

Wenn ihr mich sucht, sucht in euren Herzen.

Habe ich dort eine Bleibe gefunden, lebe ich in euch weiter.

(Rainer Maria Rilke)

Von guten Mächten wunderbar geborgen
Erwarten wir getrost, was kommen mag.
Gott ist mit uns am Abend und am Morgen
Und ganz gewiß an jedem neuen Tag.

(Dietrich Bonhoeffer)